QUERIDOS AMIGOS Y AMIGAS ROEDORES, OS PRESENTO A

LOS PREHISTORRATONES

¡AVENTURAS DE BIGOTES EN LA EDAD DE PIEDRA!

¡Bienvenidos a la Edad de Piedra... en el mundo de los prehistorratones!

Capital: Petrópolis

Habitantes: ni demasiados, ni demasiado pocos... (¡aún no existen las matemáticas!). Quedan excluidos los dinosaurios, los tigres de dientes de sable (éstos siempre son demasiados) y los osos de las cavernas (¡nadie se ha atrevido jamás a contarlos!).

Plato típico: caldo primordial.

Fiesta nacional: el día del *GRAN BZOT*, en el que se conmemora el descubrimiento del fuego. Durante esta festividad todos los roedores intercambian regalos.

Bebida nacional: Ratfir, que consiste en leche cuajada de mamut, zumo de limón, una pizca de sal y agua.

Clima: IMPREDECIBLE, con frecuentes lluvias de meteoritos.

caldo primordial

RATFIR

MONEDA

Las **conchezuelas**

CONCHAS DE TODO TIPO, VARIEDAD Y FORMA.

UNIDADES DE MEDIDA

La cola con sus submúltiplos: media cola, cuarto de cola. Es una unidad de medición basada en la cola del jefe del poblado. En caso de discusiones, se convoca al jefe y se le pide que preste su cola para comprobar las medidas.

LOS PREHISTORRATONES

GERONIMO

Trampita

Tea

Benjamín

Pandora

Metomentodo

abuela Torcuata

PETRÓPOLIS
(Isla de los Ratones)

RADIO CHISMOSA

CAVERNA DE LA MEMORIA

EL ECO DE LA PIEDRA

CASA DE TRAMPITA

TABERNA DEL DIENTE CARIADO

PEÑASCO DE LA LIBERTAD

CABAÑA DE UMPF UMPF

RÍO RATONIO

Geronimo Stilton

¡POR MIL PEDRUSCOS... CÓMO APESTA EL GLOBOSAURIO!

DESTINO

Textos de Geronimo Stilton
Inspirado en una idea original de Elisabetta Dami
Diseño original de Flavio Ferron
Cubierta de Flavio Ferron
Ilustraciones interiores de Giuseppe Facciotto *(diseño)* y Alessandro Costa *(color)*
Diseño gráfico de Chiara Cebraro, *con la colaboración de* Paola Molteni

Título original: *Per mille pietruzze... il gonfiosauro fa le puzze!*
© de la traducción: Manel Martí, 2015

Destino Infantil & Juvenil
infoinfantilyjuvenil@planeta.es
www.planetadelibrosinfantilyjuvenil.com
www.planetadelibros.com
Editado por Editorial Planeta, S. A.

© 2014 – Edizioni Piemme S.p.A., Palazzo Mondadori – Via Mondadori 1, 20090 Segrate – Italia
www.geronimostilton.com
© 2016 de la edición en lengua española: Editorial Planeta, S. A.
Avda. Diagonal, 662-664, 08034 Barcelona
Derechos internacionales © Atlantyca S.p.A., Via Leopardi 8, 20123 Milán – Italia
foreignrights@atlantyca.it / www.atlantyca.com

Primera edición: mayo de 2016
ISBN: 978-84-08-15432-7
Depósito legal: B. 5.373-2016
Impreso en España - Printed in Spain

El papel utilizado para la impresión de este libro es cien por cien libre de cloro y está calificado como **papel ecológico**.

Hace muchísimas eras geológicas, en la prehistórica Isla de los Ratones, existía un poblado llamado Petrópolis, donde vivían los prehistorratones, ¡los valerosos Roditoris Sapiens!

Todos los días se veían expuestos a mil peligros: lluvias de meteoritos, terremotos, volcanes en erupción, dinosaurios feroces y... ¡temibles tigres de dientes de sable!

Los prehistorratones lo afrontaban todo con valor y humor, ayudándose unos a otros.

Lo que vais a leer en este libro es precisamente su historia, contada por Geronimo Stiltonut, ¡un lejanísimo antepasado mío!

¡Hallé sus historias grabadas en lascas de piedra y dibujadas mediante grafitos y yo también me he decidido a contároslas! ¡Son auténticas historias de bigotes, cómicas, para troncharse de risa!

¡Palabra de Stilton,

Geronimo Stilton!

¡Atención!
¡No imitéis a los prehistorratones...
ya no estamos en la Edad de Piedra!

¡¡¡CORREOOO!!!

Hacía una templada **mañana** de otoño y yo me sentía en plena forma.

No había ninguna tormenta de **METEORI-TOS** en el horizonte, ningún volcán en erupción, ningún terremoto inminente…

¡¡¡POR MIL HUESECILLOS DESCARNADOS, era un tranquilísimo, superratónico día prehistórico!!!

Tras un ligero desayuno consistente en catorce tajadas de queso jurásico, tres muslazos ahumados de megalosaurio, diez pastelillos de gruyere paleozoico y ocho escudillas de Ratfir **humeante**, me dirigí ligero ligero ligero (es un decir… **¡BURP!**) a mi oficina. Y es que, queri-

dos amigos y amigas roedores, me llamo **GERONIMO STIL-TONUT**, y soy el director de *El Eco de la Piedra*, el periódico más famoso de la **PRE-HISTORIA** (*ejem…* y también el único).
En cuanto asomé los bigotes fuera de la caverna, oí un gran silbido…

FIUUUUUUUU…

… después un grito potentísimo…

—¡¡¡CORREOOOO!!!

… y por fin…

¡PLONC!

¡¿QUÉ?!

¡¡¡Un carterodáctilo me dio de lleno con una loseta pesadísima!!!

¡Quedé **APLASTADO** en el suelo como un tranchete paleolítico!

Cuando me recobré, le eché un vistazo a la plancha de piedra y di un brinco: pe... pe... pero... ¡si era un mensaje de **Sally Rausmauz**! ¿¡¿Cómo era posible?!? Mi archirrival..., la directora de Radio Chismosa..., la periodista más desaprensiva de las tierras emergidas... ¡¿me había escrito a *mí*?!

¡¡¡No podía dar crédito!!!

En efecto, tenéis que saber que Radio Chismosa es la competencia *(de lo más desleal)* de *El Eco de la Piedra*. La redacción se encuentra en una pequeña colina, desde donde Sally difunde *(o, mejor dicho,* BERREA*)* las noticias *(es decir, los chismorreos)* más falsas de la Edad de Piedra. En la práctica, las **NOTICIAS** las difun-

den de boca en boca los colaboradores de Radio Chismosa, hasta que llegan a todos... pero para entonces ¡¡¡ya están totalmente...

TRANSFORMADAS, CAMBIADAS, DEFORMADAS!!!

Más que una periodista... ¡¡¡Sally Rausmauz es una charlatana!!!

En cuanto llegué a la redacción, vino a mi encuentro mi colaborador, **Sagazio** Bajonut.

—Jefe... ¿va todo bien?

—Mira esto —dije, pasándole la nota de **Sally**.

Leyó el mensaje del carterodáctilo y...

—Jefe, pe... pe... pero... aquí pone que Sally Rausmauz te invita a participar en una superratónica

¡¡¡BÚSQUEDA DEL TESORO por equipos!!!

Al oír eso, me sobresalté.

—¿¿¿Quééé?!? ¿Estás seguro, Sagazio? —le pregunté.

—¡Ya lo creo! Mira aquí.

Leí el mensaje, que decía lo siguiente:

QUERIDO (ES UN DECIR) GERONIMO,
QUEDAS INVITADO OFICIALMENTE A LA
GRAN BÚSQUEDA DEL TESORO POR EQUIPOS
ORGANIZADA POR LA MÁS ILUSTRE PERIODISTA
DE LA PREHISTORIA, QUE SOY YO:
¡SALLY RAUSMAUZ! Y BIEN, ¿ACEPTAS?
MARCA LA CASILLA CORRESPONDIENTE:

☐ ACEPTO   ☐ NO PUEDO DECIR QUE NO
☐ ¡POR SUPUESTO! ☐ VALE

—¡No pienso participar ni loco!

—¡Nunca digas eso, jefe! —me respondió Sagazio.

—¡Ni hablar, Sagazio!

—Vale, jefe… Pero ¡¡¡mira aquí!!!

¡POR MIL HUESECILLOS DESCARNADOS!

En el dorso de la plancha había escrito (o mejor dicho, cincelado) en letra pequeña pequeña pequeña:

SI NO PARTICIPAS, MI PEQUEÑO PERIODISTA DE PACOTILLA, RADIO CHISMOSA LE DIRÁ A TODO EL MUNDO QUE NO QUIERES COMPETIR PORQUE TIENES MIEDO DE PERDER. ¡Y POR FIN PETRÓPOLIS SABRÁ QUE ERES UN RATÓN CAGUETA Y POCO DEPORTIVO!

¿¡¿Quéééé?!? ¿¿¿Cómo osaba acusarme de algo así Sally Rausmauz???

De acuerdo, puede que no sea el periodista más valiente de la **PREHISTORIA**, pero en mi trabajo siempre me he comportado con lealtad y nunca me he echado atrás ante las dificultades…

—¡Será **caraqueso**…! —exclamé—. En cualquier caso, *nunca* iré a esa búsqueda del tesoro de Sally… ¡¡¡y cuando digo *nunca*, quiero decir **NUNCA NUNCA NUNCA**!!!

Sally
Rausmauz

¡PIÉNSATELO BIEN, JEFE!

Sagazio me miró fijamente a los **OJOS**, y dijo:

—¡No es una buena idea, jefe!

—¡Tienes razón, Sagazio…, después de todas las jugarretas que nos ha hecho Sally, no pienso volver a picar!

—**¡¡¡NO, NO, NO!!!** ¡No me has entendido, jefe! —discrepó el ayudante—. ¡¡¡Quiero decir que *no es una buena idea* **RECHAZAR** la invitación de Sally!!!

Por mil pedruscos despedregados, Sagazio empleaba el mismo tono que la abuela Torcuata cuando me echaba de la cama para la gimnasia matinal.

—*Piénsatelo bien*, jefe… —añadió mi asistente.

—¡Sagazio, ya me lo he pensado *requetebién*! —exclamé—. ¡Y deja ya de llamarme jefe!

—¡Vale… jefe! Pero ¡¡¡vas a tener que participar **QUIE-RAS-O-NO**!!!

—Yo, la verdad…

—¡No tienes nada que perder!

—Pero… verás… yo… es que **DEBO** ir al dentista… **DEBO** dar de comer a mi trotosaurio… **DEBO** trabajar en la redacción…

—Precisamente por eso: ¡la redacción! ¡¡El trabajo!! ¡¡¡El periódico!!! Si no participas en la **BÚSQUEDA DEL TESORO**, ¡¿cómo quedará *El Eco de la Piedra*?!

¡GLUPS! ¿CÓMO QUEDAREMOS?

—Bueno… esto… yo… —farfullé confuso.

Había que reconocerlo, Sagazio tenía razón.
¡No podía echarme atrás, no podía pasar por un
ratón poco DEPORTIVO! Estaba en juego la reputación de *El Eco de la Piedra*…

—Está BIEN… —dije claudicando.

Y así, a regañadientes, CINCELÉ un mensaje para
decirle a Sally que participaría.

Luego salí de la redacción y FUI A BUS-CAR a alguien con quien formar mi equipo para la búsqueda del tesoro.

Según vosotros, ¿quién fue el **primero** que me vino a la mente?

En efecto: ¡ÉL! El investigador más famoso de la prehistoria: ¡mi amigo Metomentodo Quesoso!

¡ESTA HISTORIA... APESTA!

Mientras me dirigía decidido hacia la caverna de Metomentodo, no vi una **Piel** de plátano **PREHISTÓRICO** (a mi amigo le chiflan) que estaba tirada en el suelo. Puse un pie encima, perdí el equilibrio y...

¡FIUUUUUUUU!

Empecé a resbalar pendiente abajo rápidamente, muy rápidamente, más aún, rapidísimamente...

¡FIUUUUU!

¡PAAAAAM!

Y rodando sin parar como una **AVALANCHA** fui a parar derechito derechito a la caverna de Metomentodo, me estrellé contra una pared y acabé **RÍGIDO** y pegado al muro como un mejillón paleozoico adherido a su roca.

¡AY!

¡¡¡Qué dolor paleolítico!!!
Atraído por el estruendo,
Metomentodo salió
de casa y…

¿¿No podías llamar?!?

Ay, ay, ay...

—¡Por mil bananillas jurásicas, Geronimito! ¿No podías llamar?

—Yo… verás… es que… —**farfullé**, masajeándome los chichones. Y a continuación le **conté** a mi amigo lo de la búsqueda del tesoro de Sally.

—**¡MUUUY EXTRAÑO!** —comentó él—. ¡Será mejor que vaya contigo, o quién sabe en qué berenjenal acabarás metiéndote!

—**Entonces está decidido:** ¡formarás parte de mi equipo!

—Pero Geronimito —añadió Metomentodo—… ¡esta historia **APESTA** más que tú!

En efecto, yo llevaba un mes entero sin bañarme... pero ¡¿cómo se habría dado cuenta?!

—¡**Veamosveamosveamos!** —recapituló mi amigo—. Para la búsqueda del tesoro necesitamos una persona valiente, dinámica, llena de **energía**... ¡en definitiva, necesitamos a tu hermana Tea!

—Pero ¡si no está! —respondí—. ¡Partió con una expedición a las **TIERRAS POLARES**!

TEA GUIANDO A SUS TROTOSAURIOS DE TRINEO

—**Por mil bananillas jurásicas**, ¿¡¿y ahora qué hacemos?!? —exclamó Metomentodo, pelando un plátano.

—Bueno, podríamos llamar a Trampita, ¿no? —dije yo.

—Yayaya, al menos siempre podremos contar con una buena provisión de ALIMENTOS... Debéis saber que mi apreciado primo Trampita dirige la **TABERNA DEL DIENTE CARIADO**, famosa por los platos de manjares deliciosos que prepara su querida socia, **Ratania Struz**; ¡¡¡son unos platos tan... *ejem*... ligeros que uno tarda un par de eras geológicas en digerirlos!!!

—También tenemos a mi estimado sobrinito Benjamín —dije.

—¡Eso es! —asintió Metomentodo, engullendo otro plátano—. Pero ¡no nos vendría mal un poco de intuición *femenina*!

—Mmm... ¡¿intuición femenina?! —repetí yo—. ¿No estarás pensando en llamar a **Uzza Uzz**, la hija de Zampavestruz, el jefe del poblado?

—¡Pues claro que no, Geronimito! ¡Aquí se necesita a alguien más decidido, por ejemplo una roedora que sepa dónde **PISA** como la abuela Torcuata!

—Ejem, la abuela está en el valle de Borbotonia para hacer un **TRATAMIENTO** para el reumatismo... —respondí. Entonces Metomentodo me miró con **OJOS** picarones.

—¡¿**DE VERDAD** no se te ocurre ninguna otra, Geronimito?! Sin embargo, puede que haya una **roedora** ideal para ti...

—E-espera u-un momento... —balbuceé, colorado como una **guindilla** paleozoica—. No estarás pensando en...

—¡¡¡Efectivamente!!! ¡Llamaremos a Vandelia Magodebarrio, la hija del chamán **FANFARRIO**!

—**PERO... PERO... PERO...**

VANDELIA CON FIFÍ, SU INSEPARABLE CACHORRO

—¡No hay **PEROS** que valgan, me voy corriendo a su casa! Tú avisa a Trampita y Benjamín... ¡Nos vemos al anochecer en la Taberna del Diente Cariado!

Me quedé **PETRIFICADO** como un bloque de granito.

Debéis saber que *Vandelia* es la roedora más bella, fascinante, encantadora y decidida de la prehistoria y, además... ¡siento **debilidad** por ella!

Vandelia aceptó la invitación de Metomentodo a la primera, y antes de salir llenó su frasco de perfume de **MUGUETE** (es su preferido).

—Como esta historia **APESTA** a encerrona... —dijo con voz coquetona—, ¡¡¡lo mejor será llevar una buena provisión de perfume!!!

¡SPRUZ! ¡¡SPRUZ!! ¡¡¡SPRUZ!!!

Tal como habíamos acordado, nos encontramos en la Taberna del Diente Cariado.

¡El equipo estaba al completo y listo para participar en la BÚSQUEDA DEL TESORO más superratónica de la Edad de Piedra!

Mi primo Trampita no cabía en su **PELLEJO** de gozo:

—¡Ya verás, primo, ganaremos nosotros! ¡Yo soy un genio de las adivinanzas!

—**NO SÉ, LA VERDAD...**

—¡El tío Trampita tiene razón! —exclamó Benjamín—. ¿No recordáis aquella vez que resolvió él solo todos los juegos y las adivinanzas de **La Era Glacial Enigmática?**

TA ERNA
DE DIENTE
CARIADO
¡HOLA, TRAMPITA!
¡BIENVENIDOS A LA TABERNA!
¡¡¡YA ESTOY AQUÍ!!!

La verdad es que aquella vez fui yo quien le sopló las respuestas, pero no era cuestión de hacerlo **PÚBLICO**...

En ese preciso instante, me percaté de que *Vandelia* estaba rociando toda la **TABERNA DEL DIENTE CARIADO** con su perfume de muguete.

—¡Por mil chuletones de dinosaurio! —exclamó Ratania Struz—. ¿¡¿No

estarás insinuando que mi restau-
rante… APESTA?!?

—¡Claro que no, querida Ratania!
—dijo Vandelia, SONRIÉNDOLE—.
¡La taberna está limpísima! Son los…
ejem… clientes que no se lavan a menudo…
Ratania olfateó el aire:

—Sniff sniff sniff… ¡Por mil huesecillos descarnados, tienes razón!

—**¡PROTESTO!** —replicó mi primo Trampita, enojado—. ¡Yo me bañé hace solamente un mes y medio!

—¡Y yo me **LAVÉ** hace apenas dos semanas… baño completo, ¿eh?! ¡¡¡Y me enjaboné hasta los *bigotes bigotes bigotes bigotes*!!! —dije yo.

Ratania negó con la cabeza y dijo:

—¡Por mil quesos podridillos…, yo os diré lo que os pasa: que sois unos roedores apestosos sin remedio!

Y entonces reparamos en que Metomentodo estaba como AUSENTE y muy calladito.

—¿Te pasa algo? —le pregunté.

—Estoy pensando, Geronimito —me respondió—. Y cuanto más pienso, más **EXTRAÑA** me parece la invitación de Sally, muy **EXTRAÑA**, **¡¡¡EXTRAÑÍSIMA!!!**

—¡Yo pienso lo mismo, tío Ger —añadió *Benjamín*, mi sobrino.

—¡Yayaya! —volvió a intervenir Metomentodo—. Sally no es de las que organizan algo sin un **PLAN**, un **CHANCHULLO**, un **EMBROLLO**, un…

—¡Ya basta! —lo interrumpió Vandelia—. Ahora pensemos en la **CENA**. Y después, a dormir, que mañana nos espera un día muy largo.

—¡Ayayayayay, tengo una idea! —añadió Metomentodo—. No nos olvidemos de tener las **cachiporras** siempre a mano. Con Sally nunca se sabe qué puede suceder…

ME ESTREMECÍ.

¡Metomentodo tenía razón!

A saber con cuántos peligros íbamos a encontrarnos… Sólo de pensarlo, me zumbaban los bigotes del canguelo. **¡Brrr!**

Pero en ese momento oí una voz dulce, muy dulce, es más, **dulcísima**, que me decía:

—¡Buenas noches, Geronimito!

Tras lo cual, *ella*, Vandelia, me envío un **beso** a distancia y se dirigió a su caverna.

Ah, Vandelia… ¡qué roedora tan superratónica!

POR MIL PEDRUSCOS DESPEDREGADOS,

aquella búsqueda del tesoro podría ser peligrosa, **TRUCULENTA** y con alto riesgo de extinción, pero me permitiría pasar un montón de tiempo junto a la roedora de mis sueños.

¡¡¡GLUPS!!!

Sólo de pensarlo me zumbaban los bigotes, pero esta vez… ¡de emoción!

BERZOTAS Y PELUCONES

Al día siguiente, nos presentamos en la plaza de la Piedra Cantarina FRESCOS y EN FORMA como grillosaurios.

Había otros dos equipos, además del nuestro: los BERZOTAS JURÁSICOS, capitaneados por Tartufón Tontolón, y los PELUCONES MEGALÍTICOS, liderados por Macedonio Testuz.

—¡Vayavayavaya! —dijo Metomentodo—. ¿Habéis visto qué pinta de bobalicones tienen los Berzotas Jurásicos? ¡Ganarlos será un juego de niños!

En efecto, los componentes del primer equipo tenían aspecto de LELOS.

Los Pelucones Megalíticos, por el contrario, parecían auténticos **CEREBRITOS**. En cuanto me acerqué, Sally Rausmauz me *FULMINÓ* con la mirada.

A su lado había dos roedores grandes y fortachones.

Sally dio las instrucciones:

—Las reglas son muy simples. Tenéis que resolver una **adivinanza** que os llevará a alguna parte de la ciudad. Allí encontraréis una

BERZOTAS JURÁSICOS

PELUCONES MEGALÍTICOS

segunda **adivinanza** que os conducirá a una tercera **adivinanza**, y después a una cuarta… ¡y así sucesivamente hasta que encontréis el TESORO! ¡Fácil, ¿no?!

Metomentodo me susurró al oído:

—Yayaya, la verdad es que *parece* fácil… Pero DEBAJO **DEBAJO** DEBAJO hay alguna treta oculta: ¡hazme caso, Geronimo!

Sally entregó la primera **adivinanza** a los tres jefes de equipo.

Tartufón Tontolón (por los Berzotas Jurásicos) leyó la tarjeta en voz alta:

—¡ES LA RADIO MÁS FAMOSA DE LA PREHISTORIA!

—*Mmm…* ¿será Radio Chismosa? —preguntó Piñata Cocidita, su compañera de equipo.

—**Podría, podría, podría…** —dijo su hermana Perolilla.

—¡Eres un fenómeno, vayamos enseguida hacia allí! —concluyó Marmitona, la tercera hermana.

¿QUÉ TENÍA AQUELLO DE FENOMENAL? ¡Radio Chismosa era *la única* radio de la prehistoria!

Inmediatamente después, **MACEDONIO TESTUZ** leyó la adivinanza de los Pelucones Megalíticos:

—CONOCE A TODOS LOS CHISMOSOS DE LA PREHISTORIA... ¡SU NOMBRE EMPIEZA POR S Y ACABA EN Y!

—La respuesta es... ¡Sally! —comentaron a coro Tino, Pino y Lino Sabihondonut—. Ya podrían habernos preguntado algo más difícil... ¡Uf!

—¡No os **LAMENTÉIS**! ¡Ahora ya sabemos que tenemos que ir a **CASA** de Sally! —dijo muy convencida la única fémina del equipo, que se llamaba TABULINA MULTIPLICATUZ.

¡¡¡AHORA YA SABEMOS ADÓNDE IR!!!

Metomentodo, que había seguido toda la escena, me hizo un **GUIÑO**.

—¡Bienbienbien, la verdad es que las adivinanzas son *facilísimas*! ¡Tenemos la victoria en el bolsillo, Geronimito!

Pero quizá había hablado **DEMASIADO** pronto…

¡ERES UN GENIO, BENJAMÍN!

Trampita (que se había autoproclamado jefe del equipo) leyó la adivinanza y se rascó la cabeza.

—*Mmm,* ¡no entiendo ni corteza!

—Pero ¿¡¿tú no eras el genio de las **adivinanzas**?!? —le preguntó Vandelia.

—Ejem ejem ejem… ¡sí, pero es que esto es un auténtico rompecabezas! Escuchad…

¡CUANDO ESTÁ HINCHADO, ES MÁS LIGERO!

Nosotros pensamos, meditamos, reflexionamos… ¡Por todos los fósiles fosilizados, de tanto pensar me estaba saliendo **HUMO** de la cabeza!

—Los otros dos equipos ya han partido hacia la siguiente adivinanza —dijo Vandelia.

—¡Y nosotros, en cambio, aún seguimos aquí, inmóviles como bacalaos PALEOZOICOS!

—¡Por mil bananillas, *esto no es justo*! —protestó Metomentodo—. ¡Las adivinanzas de los otros dos equipos eran FACILÍSIMAS! ¡Ya sabía yo que Sally nos la jugaría…, tendría que haber apostado todas las conchezuelas de Geronimo!

¿ALGUNA IDEA?

MMM, MMM…

EJEM…

—¡No nos desanimemos! —nos exhortó Benjamín—. Intentemos concentrarnos... ¿qué es lo que se siente más LIGERO cuando está hinchado?

—Si estás hinchado porque te has bebido diez tazones de agua, la verdad es que no te sientes muy ligero... —observó Vandelia.

—¡En efecto! —confirmé—. Y menos aún si estás hinchado porque te han picado unos MOS-QUITOS megalíticos...

—¡Eso por no hablar de cuando te hinchas porque te has dado un atracón! —añadió Trampita. ¡Por mil HUESECILLOS descarnados, pese a nuestros esfuerzos, no lográbamos dar con la solución!

De pronto, Benjamín tuvo una inspiración.

—¡Puede que ya lo tengamos! Si lo pensáis bien, en **Petrópolis** hay alguien que cuando se hincha se vuelve ligero y... ¡emprende el **VUELO**!

Vandelia dio un brinco:

—¡Pues claro! ¿¡¿Cómo no lo hemos pensado antes?!? ¡¡¡La solución solamente puede ser el GLO**BOS**AURIO!!!

Salimos todos pitando hacia nuestro destino: el *VUELIPUERTO* de Petrópolis, donde están los globosaurios, que los roedores de las cavernas empleamos para hacer largos trayectos… ¡¡¡aéreos!!!

¡¿Me habéis oído, cabezas de granito?!

El vuelipuerto estaba lleno de globosaurios listos para DESPEGAR. Algunos estaban repostando (es decir, atiborrándose) carburante para el vuelo: SUPERFABADA para los más grandes y TURBOFABADA PICANTE para los más veloces.

¡¿Me habéis oído, cabezas de granito?!

—¡¡¡Ánimo —les dije yo—, tenemos que encontrar la losa con la segunda adivinanza!!!

Ya, pero ¿dónde podía estar oculta?

Empezamos a BUSCAR por todas partes. Entre las patas de los globosaurios: ¡NADA!

En las cestas sujetas a los globosaurios:

¡NADA DE NADA!

¡¿CÓMO?!

Por toda la pista de los globosaurios…

¡¡¡NADA DE NADA DE NADA!!!

¡Y entonces Metomentodo tuvo una idea genial!

—¿Por qué no le preguntamos a alguien que conozca bien el vuelipuerto?

—¡Eso es! —exclamó Vandelia—. ¡¡¡Vamos a buscar al comandante!!!

Ah, Vandelia… ¡qué roedora tan decidida!

Debéis saber que el comandante del vuelipuerto es un tipo **ALTO ALTO** y FLACO FLACO, amable, pero un poco huraño y de pocas palabras.

—Si no habéis encontrado lo que buscabais entre los globosaurios de la pista, probad en el recinto de adiestramiento —dijo.

Y nos mostró un espacio VALLADO.

—Aquí es donde adiestramos a los cachorros —nos explicó—. Se entrenan para volar y hacen gimnasia con las alas, hasta que son lo bastante grandes para aprender a volar solos… eso sí, ¡tirándose unos PEDOS terroríficos!

Sigilosos como gatos, nos acercamos a los pequeños GLOBOSAURIOS.

SOLUCIÓN:
¿Has mirado bien por todas partes? ¿También en el gran caldero de la superfabada? ¡Allí es donde está, en la página de la izquierda!

¿PUEDES ENCONTRAR LA PEQUEÑA LOSA CON LA SEGUNDA ADIVINANZA DEL EQUIPO STILTONUT?

El cercado estaba lleno de cachorros simpatiquísimos, pero también... ¡muy vivaces!

¡¡¡Por mil tibias de tricerratón, no se estaban quietos ni un segundo!!!

Saltaban, chillaban y se pedorreaban en medio del FANGO.

Estaban hinchados, hinchados, hinchados de fabada y trataban de despegar al son de sus ventosidades...

¡Prot! ¡¡Proot!! ¡¡¡Prooot!!!

—Puede que el comandante tenga razón... —sugirió Benjamín—. La adivinanza podría estar en este cercado.

Decidimos intentarlo. Pero... ¡¡¡pobres de nosotros!!!

¡Aquellos cachorros estaban tan desmadrados que atravesar el CERCADO parecía una misión imposible!

Hasta que Vandelia gritó con todas sus fuerzas:

—**¡¡¡YA BASTA!!!** Si no dejáis de alborotar os obligaré a bañaros… ¡con jabón! **¿¡ME HABÉIS OÍDO BIEN?!?**

Los cachorros se quedaron inmóviles al instante, se agruparon todos en un rincón, con el rabo entre las 🐾🐾🐾🐾🐾, y guardaron silencio. Ah, *Vandelia*… ¡qué genio tan vivo el suyo! Trampita, Benjamín y yo retomamos la búsqueda, aunque finalmente fue Metomentodo quien dio con la plancha de la adivinanza.

Sólo que... estaba dentro de un caldero de fabada supergrumosa...

¡PUAJ!

En la pequeña losa de piedra estaban cinceladas las instrucciones para hallar la siguiente pista:

TABERNA
CAVERNA
LINTERNA

Mientras reflexionábamos, Vandelia aprovechó para echarnos encima una dosis triple de perfume de muguete.

¡¡¡SPRUZ!!!

—¡Eh! Pero... ¡¿qué es esto?! —protestó Trampita empapado de perfume.

—**¡¡¡SILENCIO!!!** —respondió ella decidida.

Volvió a olisquearnos y exclamó disgustada—:

Pero ¡¿cómo es posible?! ¡Seguís apestando, a pesar del perfume! ¡¡¡Uf, oléis peor que un **queso jurásico putrefacto**!!!

El ataque de las Medusas Caguetas

Volvimos a leer la nueva adivinanza:

TABERNA
CAVERNA
LINTERNA

¿Qué querían decir esas palabras?

Trampita reflexionó:

—**TABERNA** me hace pensar en la del Diente Cariado…

—*¡PUES CLARO!* —exclamó Metomentodo—. ¡En el acantilado que está junto a la taberna hay una… **CAVERNA**!

—Pues yo digo que si dentro de la cueva hay una **LINTERNA**, ¡ya lo tenemos! —concluyó Vandelia.

Ah, *Vandelia*... ¡qué roedora tan inteligente!

—Así pues, la **adivinanza** significa: recuperad la **LINTERNA** de la **CAVERNA** que está junto a la **TABERNA** —recapituló Benjamín.

Cuando llegamos a la taberna, cogimos una **CANOA** para poder acceder a la caverna por mar.

Trampita, que era el más FUERTE, empezó a remar hacia la caverna. Pero había una corriente fortísima, y nuestra CANOA (habíamos elegido, *ejem*... el modelo más económico) comenzó a balancearse como una cáscara de nuez jurásica. ¡BRRR qué canguelo paleolítico! Estuvimos a punto de volcar, pero por fin...

—¡La linterna!

—gritó entonces Benjamín, señalando un PUNTO 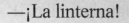 situado al fondo de la gruta.

—¡Es verdad! Ahí está… —dije yo.

Pero no pude terminar la frase, porque una vez recuperada la linterna, una OLA me derribó, arrojándome al agua…

¡¡¡CHOF!!!

Me atacó un banco de medusas, que me picaron con sus tentáculos irritantes.

¡¡¡**UUUF**, sólo me faltaban ellas!!!

—¡No temas, tío! —me animó Benjamín—. ¡Son MEDUSAS CAGUETAS, las reconozco! ¡Te pican porque tienen miedo!

—¡Yayaya! —exclamó Metomentodo—. No lo hacen aposta… ¡¡¡*POBRECILLAS!!!*

—¿¡¿*Pobrecillas?!?* —dije, mientras una medusa me pinchaba el **trasero**—. ¡Me están haciendo *picadillo*!

—¡Basta de cháchara! —ordenó Vandelia—. Usaremos el **FUEGO** de la linterna para asustarlas. ¡¡¡Así las podremos ahuyentar sin hacerles daño!!!

Ah, *Vandelia*… ¡qué ideas tan buenas tiene! Lástima que, *ejem*… me tocase a mí espantar a las medusas, porque era yo quien tenía la linterna entre mis patas. No tuve más remedio que armarme de valor: agité la linterna por encima de las olas, y las medusas HUYERON aterrorizadas. Vandelia me repescó, ayudándose de un REMO. Yo estaba empapado, DOLORIDO, agarrado al remo como un pulposaurio... pero ¡seguía de una pieza!

OH, OH...

¡AYAYAYAY!

¡¡¡TE TENGO!!!

¡Caaalma, chicos, caaalma!

¡Acababa de hacer el ridículo ante Vandelia, pero había recuperado la **LINTERNA**!

En su interior había adherida una pequeña losa con esta inscripción:

¡PARA LA PRÓXIMA ADIVINANZA, ID A LA SEDE DE LA PERIODISTA MÁS GENIAL, BRILLANTE, INFALIBLE DE LA PREHISTORIA: SALLY RAUSMAUZ!

Mis amigos y yo nos **PRECIPITAMOS** rápidos como meteoritos hacia la redacción de Radio Chismosa.

—¡OOOH! —graznó Sally, en cuanto nos vio—. ¡Ya está aquí el equipo de los últimos, con su capitán Trampita Stiltonut! **¡¡¡JI JI JI!!!** Trampita se ofendió y gruñó:

—¡GRRRRRRR!

—¡Aquí tienes la linterna! —gritó Metomentodo, tratando de calmar las aguas—. ¡Y ahora, **DESEMBUCHA** la nueva adivinanza, Sally!

—¡CAAALMA, chicos, caaalma! —lo frenó Sally,

esbozando una SONRISITA burlona (y también un poco antipática)—. ¿No me diréis que aún pensáis ganar?

Vandelia le respondió:

—¿Por qué no? ¡Mientras la competición siga adelante, nosotros iremos a por todas!

—¡Ju ju ju! —volvió a mofarse Sally—. ¡Para que lo sepáis, los **BERZOTAS JURÁSICOS**

NÚMERO DE ADIVINANZAS RESUELTAS POR LOS EQUIPOS EN JUEGO:

ya han superado la tercera prueba y los Pelucones Megalíticos van por la cuarta adivinanza!
Benjamín y yo intercambiamos una mirada de DECEPCIÓN: ¡íbamos realmente los últimos!

—¡Aún podemos lograrlo! —replicó Vandelia con determinación—. Adelante, Sally, ¿cuál es la próxima adivinanza?

—Bien, si de verdad queréis seguir... ¡ahí va! —dijo, lanzando una losa a la cabeza de quien esto escribe.

¡PLONC!

La plancha llevaba escritas estas palabras:

ÉL HACE TEMBLAR DE MIEDO A UN TIGRE DE DIENTES DE SABLE...

—¡Bah, eso es imposible! —resopló Trampita—. ¡Un tigre de dientes de sable no tiene MIEDO de nada!

—¡Te equivocas, tío Trampita! —dijo Benjamín—. Los tigres le tienen miedo al AGUA...

—¡EXACTO! Estaba a punto de decirlo...

—¡Sí, pero la adivinanza no se refiere a algo, sino a alguien! —lo corrigió Vandelia—. Dice lo siguiente: ÉL hace temblar de miedo...

—Vamos, tío Trampita... —dijo Benjamín—, si fueses un TIGRE, ¿a quién le tendrías miedo?

Trampita se imaginó que era un tigre.

—Veamos, pelaje rayado, ojazos amenazantes, enormes dientes de sable...

—¡Pues claro! —exclamó Metomentodo—. ¡¡¡Los colmillazos!!!

VEAMOS...

¡¡¡Con tantos colmillos, vete a saber cuántas caries tendrán esos gatotes pulgosos!!!

¡POR MIL HUESECILLOS DESCARNADOS,

era verdad! Lo que más asustaba a los tigres de dientes de sable no podía ser sino...

—¡¡¡El dentista!!! —exclamó Trampita—. ¡La solución es el DENTISTA! ················

—¡No hay tiempo que perder!

—dijo Vandelia—. ¡¡¡Corramos
a la clínica de los hermanos
Garrote, los dentistas-
médicos-curalotodo
de **Petrópolis**!!!

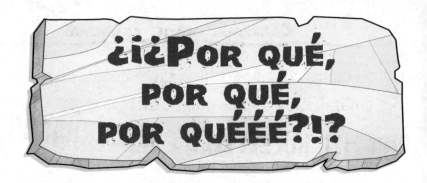

¿¡¿POR QUÉ, POR QUÉ, POR QUÉÉÉ?!?

Mientras el equipo lo CELEBRABA, Metomentodo me llevó aparte.

—¡Verásverásverás, Geronimito! Aquí hay algo que no encaja. Tenemos que INVESTIGAR. Escucha atentamente… bisss… bisss… bisss…

—¡Por mil huesecillos descarnados! ¡Imposible!

—Sin embargo, LO ES. Ahora te lo explicaré…

Y así, Metomentodo envió a Trampita, Benjamín y Vandelia al dentista a buscar la adivinanza, y yo me quedé con él.

En cuanto los demás se hubieron MARCHADO, mi amigo dijo:

—Y ahora, escúchame bien: voy a explicártelo todo otra vez, mentecato jurásico. Ya sabes por

qué vamos los últimos en esta búsqueda del tesoro, ¿VERDAD? ¿¿VERDAD?? ¿¿¿VERDAD???

—*Ejem*… ¿tal vez porque los otros participan-
tes son mejores? —aventuré.

—¡¡¡**ERROR**, **ERROR**, **ERROR**, Geronimito!!!
¡Vamos los últimos porque Sally les ha puesto
unas adivinanzas FACILÍSIMAS *a ellos* y **DIFICI-
LÍSIMAS** *a nosotros*!

Justo en ese momento, vimos a los **BERZOTAS
JURÁSICOS** que venían disparados hacia nosotros, guiados por Tartufón Tontolón.

—Oyeoyeoye, querido Tartufón… —le dijo Metomentodo—, ¿¿¿podrías leernos un momento
tu adivinanza???

Tartufón nos mostró la losa:

ADIVINA ADIVINÓPOLIS, ¿QUÉ PLAZA HAY EN PETRÓPOLIS?

—Dificilillo, eh…?
—dijo Tartufón—.
Pero Mamaluk, el
campeón del equi-
po, tras laaargos RA-
ZONAMIENTOS ha
dado con la solución.

Yo le SUSURRÉ a Metomentodo:

—¡¡¡Por mil huesecillos descarnados, pe… pe…
pero si todo el mundo sabe que es la plaza de la
Piedra Cantarina!!!

—¡EN EFECTO! —respondió Metomentodo—.
¿Y no te has fijado en otro detalle?

—Mmm… ¿que Tartufón APESTA como
una oveja jurásica con flatulencias?

—¡EQUIVOCADO, DE NUEVO EQUIVOCADO!
¡¡¡EQUIVOCADÍSIMO!!!

¡¡¡Por mil bananillas prehistóricas, Geronimito,
intenta usar esa cabeza de coco que tienes!!!

—Verás... yo... esto...

—¡Uf, pero ¿es que tengo que explicártelo todo?! —me espetó Metomentodo—. ¡No sólo sucede que **NUESTRAS** adivinanzas son más **DIFÍCILES**, además tenemos que desplazarnos de una parte a otra de la ciudad pateándonos **colas** y **colas** y más **colas**!*

—¡¿Ah, sí?!

—¡¡¡Despiertadespiertadespierta, Geronimito!!! ¡Sally nos está haciendo **CORRER** a lo largo y ancho de la ciudad para que no volvamos a casa! —sentenció Metomentodo—. Y ahora yo te pregunto: **¿¡¿POR QUÉ???**

De pronto, una idea empezó a rondarme por la cabeza. Por mil tibias de tricerratón... ¡¡¡no!!!

No podía ser eso...

PREHISTONOTA
*La cola es la unidad de medida de los prehistorratones. Equivale a la longitud de la cola del jefe del poblado, Zampavestruz Uzz.

MAPA DE LA BÚSQUEDA DEL TESORO CON TODOS LOS DESPLAZAMIENTOS DEL EQUIPO STILTONUT (HASTA ESTE MOMENTO).

CAVERNA DE LA MEMORIA

4

RADIO CHISMOSA

5

CAVERNA DE LAS MEDUSAS CAGUETAS

3

CLÍNICA DE LOS HERMANOS GARROTE

ESCOLLO DE LA LIBERTAD

VOLCÁN

PLAZA DE LA
PIEDRA CANTARINA

1

VUELIPUERTO

2

CASA DE
GERONIMO

¿SEGUROSEGURO QUE ES... SEGURO?

¡Oh, no! ¡Así que ése era el verdadero plan de Sally!

¿¡¿**POR QUÉ, POR QUÉ, POR QUÉ**... no se me había ocurrido antes?!?

Sally quería robarme una noticia histórica, ¡quiero decir **PREHISTÓRICA**! Una noticia que debía mantener en secreto, ¡tan en secreto que hasta yo había acabado olvidándome!

¡POR MIL PEDRUSCOS DESPEDREGADOS!

—¡LA ENTREVISTA! —exclamé—. ¡La entrevista al maestro Clodoveo Cencerronut!

Metomentodo estaba perplejo, así que se lo expliqué todo.

—No sé si sabes que *Clodaveo Cencerronut* es el músico más famoso de todo **Petrópolis**… ¡qué digo de todo Petrópolis, de toda la Prehistoria!

—Yayaya… ¿¡¿y qué?!?

—Resulta que Cencerronut es tan famoso por dos motivos:

1. Por la invención del **PORRAZOCÉMBALO**, un instrumento prehistórico que suena a base de cachiporrazos;

2. Por ser ALÉRGICO a las entrevistas. Clodoveo no ha concedido nunca (¡y subrayo lo de nunca!) una ENTREVISTA a nadie.

—¡Ajá! —dijo Metomentodo—. Geronimito, no me dirás que…

—¡Pues sí! —exclamé—. ¡Hace tres días lo conseguí! ¡Logré entrevistar a *Clodaveo* por primera, primerísima y única vez!

—*Mmm*… ¿ALGUIEN sabe lo de la entrevista? —insistió Metomentodo.

Negué con la cabeza.

—¡Nadie! ¡La he ocultado en un lugar SE-CRETISIMO que sólo yo conozco!

—Pero ¿dónde? ¿¡¿No serás tan bobalicón de haberla traído aquí contigo, SUPONGO?!?

—Tranquilo —le dije bajando la voz—, está en mi caverna, en un sitio se-gu-ro.

—Geronimito, ¿estás SEGUROSEGUROSE-GURO de que es un sitio SEGURO?

—¡SEGURÍSIMO!

—¿Y si Sally, ayudada por sus secuaces, lo hubiese descubierto todo?

—MMM...

—¿¡¿Y si Sally hubiese organizado esta búsqueda del tesoro sólo para mantenerte alejado de tu caverna y robarte la entrevista?!?

—MMM... MMM...

—¿¿¿Y si tú y yo vamos ahora mismo a tu casa a comprobarlo???

—MMM... MMM... MMM...

Me puse pálido como una *mozzarella*.

¿Y si Metomentodo tenía razón? ¿¿Y si LA ENTREVISTA no estaba a buen recaudo?? ¿¿¿Y si realmente Sally había puesto sus 🐾P🐾A🐾T🐾A🐾Z🐾A🐾S🐾 en aquella entrevista histórica, bueno... prehistórica???

—Creo que tal vez sería mejor comprobarlo... —farfullé.

Fuimos **CORRIENDO** a mi caverna, echamos un vistazo por la ventana y... ¡por el trueno del Gran Bzot, Metomentodo lo había adivinado!

—P-pero si ésos son los esbirros de Sally...

¡¡¡GLUPS!!!

¡Dos tipos, de aspecto poco recomendable, se habían colado en mi casa y estaban registrando **HASTA EL ÚLTIMO RINCÓN**! La cosa se estaba poniendo fea, *muy* fea, ¡incluso diría que **FEÍSIMA**! Necesitábamos una idea a toda costa...

¡UNA IDEA GENIAL!

Por suerte, Metomentodo tenía un plan.

Se alejó de la caverna **RÁPIDO** como un meteorito y me dijo:

—¡Ahora **VERÁS**, Geronimo!

Entonces empezó a gritar:

—¡¡¡**FUEGOOO**!!!

¡¡¡Radio Chismosa **SE QUEMAAA**!!!

¡¡¡**FUEGOOO**!!!

Al cabo de un instante, los dos secuaces de Sally salieron por patas de mi **caverna** y se precipitaron hacia la redacción de Radio Chismosa. Así, Metomentodo y yo pudimos entrar por fin en mi casa.

—¡RÁPIDORÁPIDORÁPIDO! —gritó mi amigo—. ¡Cuando esos tontorrones se den cuenta de que no hay ningún INCENDIO, volverán aquí!

Me apresuré a comprobar que no me habían robado la ENTREVISTA. Por suerte, seguía en su escondite, es decir, debajo de mi almohada, envuelta en unas hojas de palmera y cincelada con el siguiente título:

ENTREVISTA A CENCERRONUT.

—¡Por mil bananillas jurásicas! ¿Y ahora qué hacemos? —preguntó Metomentodo—.

¡AQUÍ ESTÁ!

¡VAMOS VAMOS VAMOS, Geronimito, a ver si se te ocurre algo!

—MMM... A VER, A VER...

—Vamosvamosvamos, ¡¿qué se te ha ocurrido?!

—¡Uf! —protesté—. ¡Como sigas interrumpiéndome, te **ATIZARÉ** con las recetas de Ratania Struz en la cocorota!

Mis palabras le sirvieron de INSPIRACIÓN a Metomentodo. Miró la plancha de piedra multipáginas que descansaba sobre la mesilla y…

—¡Eyeyey, pues claro! ¡¡¡Has tenido una idea genial, Geronimito!!!

—Uh… ¡¿qué?!

—¡Estas **TABLILLAS** de piedra tienen la misma medida que las de la entrevista! —añadió, señalando las RECETAS—. ¡Mira!

Examiné las dos losetas con mucha muuucha muuucha atención. ¡Por mil fósiles fosilizados,

Metomentodo tenía razón: las dos losas eran **IDÉNTICAS**!

—¡Escúchame bien, Geronimito: cambiaremos las cubiertas y, así, cuando vuelvan los espías de **Sally** cogerán las planchas equivocadas!

—Y añadió—: Es decir, ¡las recetas de Ratania Struz en lugar de tu ENTREVISTA!

Sin perder el tiempo, envolvimos las recetas en las hojas de palmera, sustituimos la cubierta (poniendo la que llevaba por título **ENTREVISTA A CENCERRONUT**), lo dejamos todo bien a la vista encima de la mesilla y finalmente salimos de mi **CAVERNA**, la mar de satisfechos.

—¡Yuhuuuu, Geronimito! ¡¡¡Metomentodo!!! —se oyó una voz que nos llamaba desde la calle—. ¡Estamos aquííí!

Era Vandelia (¡ah, *Vandelia*!) que había regresado de la consulta del dentista junto con Trampita y Benjamín, trayendo consigo una nueva adivinanza por resolver.

Decía así:

¡PINTAOS DE ROJO...
Y CORRED CUAL MAMUT DESBOCADO...
HASTA DONDE LA NOTICIA...
HA ESTALLADO!

¡ROJOS COMO GUINDILLAS JURÁSICAS!

Un momento…

—¿¡¿Pintarse de ROJO?!? ¡Por mil fósiles fosilizados, eso era una misión imposible!

Debéis saber que la pintura ROJA no sólo es la más rara en todo el mundo prehistórico, sino también la más VALIOSA, porque los moluscos de los que se obtiene son difíciles de encontrar.

¡A saber cuántas conchezuelas tendríamos *(tendría yo)* que pagar para obtener la *(costosísima)* pintura necesaria para pintarnos de rojo *(¡uf!)*.

—¡Tengo una idea! —nos sorprendió Vandelia.

La MIRAMOS intrigados. ¡Por mil pedruscos despedregados, ¿qué se le habría ocurrido?!

—Nos teñiremos de **ROJO** —nos explicó—…, gracias a un revolucionario sistema que he inventado. ¡¡¡Vamos, seguidme!!!

Poco después, la roedora más fascinante, brillante y genial de las tierras emergidas, nos condujo a su caverna y nos mostró su bañera de piedra, donde **BURBUJEABA** el agua de Borbotonia, purísima y **CALENTÍSIMA**.

Se puso a rebuscar en el armario cremas de belleza, entre **frascos**, tarros y ampollas de perfume de muguete, hasta que…

¡¿DÓNDE ESTARÁ?!

—¡Lo encontré! ¡Jugo superconcentrado de remolacha jurásica!

—PE... PE... PERO... —dije yo, que no entendía ni corteza.

Acto seguido, Vandelia vertió el contenido del frasco en la bañera y... **¡OOOOOOH!**

De pronto el agua se tiñó de un color rojo vivo, formando unas EFERVESCENTES burbujas superratónicas.

—¡*Ejem*, ¿y ahora tenemos que zambullirnos ahí dentro?! —pregunté INQUIETO.

Vandelia ni siquiera me respondió, sino que se zambulló en el agua con un grácil salto. Cuando salió, estaba totalmente teñida de un color rojo fuego.

Ah, *Vandelia*... ¡qué roedora tan asombrosa!

—¡¡¡Yujuuuu!!! —exclamaron Trampita, Metomentodo y Benjamín siguiendo su ejemplo, y ZAMBULLÉNDOSE en la bañera.

Yo dudaba…

—¿El agua no estará demasiado caliente? ¿El color se marchará después? ¿Y si se me cuecen las **PATAS**?

Al final, Trampita y Metomentodo me metieron dentro a la **fuerza**. Y cuando salí… ¡yo también estaba rojo como una guindilla!

—¡¿A qué estamos esperando?! —preguntó Vandelia—. **¡¡¡VAMOOOS!!!**

Y, puesto que el mensaje ordenaba «corred cual mamut desbocado... hasta donde la **NOTICIA**... ha estallado», nos precipitamos a todo correr en dirección a Radio Chismosa.

En cuanto nos **VIO**, Sally se apresuró a esconder algo tras la espalda.

Un momento… ¡aquello se parecía muchísimo a la losa con la **falsa** entrevista!

¡Ajá! Sus esbirros habían caído en nuestra trampa y habían robado las **RECETAS** de Ratania Struz en lugar de la *auténtica* entrevista a Clodoveo Cencerronut.

—¡Vayavayavaya, Geronimito…, el plan ha funcionado! —me dijo Metomentodo en **VOZ BAJA**, muy entusiasmado.

Fingimos que no sabíamos nada, y le pedimos a Sally la siguiente adivinanza:

SON UN MONTÓN DE CENTINELAS, TODOS TIESOS COMO VELAS, ¡SIEMPRE CORREN ALREDEDOR, Y SON LA PESADILLA DEL ASEDIADOR!

¡¿VELAS O... CIUDADELAS?!

Todas las dificultades que habían superado los habían vuelto más decididos que al principio. Así que se pusieron a trabajar enseguida con la nueva adivinanza.

—Centinelas... *mmm...* —reflexionaba Vandelia—. ¿Qué hacen los centinelas?

—¡VIGILAN o protegen algo! —dijo mi sobrino Benjamín.

Vandelia asintió, SONRIENTE:

—¡Exacto! Y ahora, decidme... ¿quiénes pueden ser esos centinelas TIESOS como velas?

—La adivinanza también dice: SON LA PESA-DILLA DEL ASEDIADOR, ¿qué puede significar? —preguntó Benjamín.

—Significa que son… ¡centinelas erguidos! —deduje yo—. ¿Y si fuesen ÁRBOLES?

En ese momento, Benjamín tuvo una inspiración:

—¡*Nooo!* ¡No son árboles, tío Ger! ¡Son ESTACAS! ¡Las estacas que rodean Petrópolis!

Metomentodo chasqueó los dedos.

—¡Pues claro! ¡Son MUCHOS, están TIESOS, corren alrededor de la ciudad y son inexpugnables, ¡por eso SON LA PESADILLA DEL ASEDIADOR!

A VER, PENSEMOS...

—¡¡¡Glups!!! ¡¡¡Pero hay *muchísimas* estacas rodeando Petrópolis!!! —objetó Trampita—. ¡¿Cómo sabremos cuál es la que buscamos?!

Metomentodo respondió AL INSTANTE:

—Muy fácil: ¡nos dividiremos! Cada uno examinará un tramo de empalizada. ¡VAMOSVAMOS VAMOS, todos al trabajo! ¡Quien dé primero con la adivinanza, que SILBE! —Metomentodo repartió un silbato de madera a cada uno—. Será la señal para reencontrarnos en la plaza de la Piedra Cantarina.

Y así, tras habernos quitado todo el tinte ROJO del cuerpo, empezamos a revisar la EMPALIZADA con muchísima atención.

Benjamín y yo trabajamos juntos, mientras que los demás se **DISPERSARON** aquí y allá.

Corriendo de un palo a otro, Benjamín tropezó con una **PIEDRA** y se cayó al suelo.

—¿Te has hecho daño? —le pregunté.

—**¡CHIST, TÍO GER!** —me respondió él.

Benjamín tenía la oreja pegada al suelo… y escuchaba con atención.

—¡¿Ben…?! —inquirí—. ¿Seguro que estás bien?

—¡Estoy **ESTUPENDAMENTE**! Pero diría que aquí abajo hay alguien que no está nada bien…

Intrigado, entonces yo también acerqué la oreja al suelo y…

—¡SOCORROOO!

¡Por mil huesecillos descarnados, Benjamín tenía razón! ¡En el subsuelo había alguien GRITANDO! Y, según mis cálculos, por allí pasaba el METROSAURO, la línea de metro prehistórica…

No había tiempo que perder: cogí el **SILBATO** y llamé a mis amigos…

¡¡¡PIIIIIIIIIIIIIIIIIIIIIIIIIII!!!

Unos instantes después, ya estábamos todos en la plaza de la Piedra Cantarina.

—**¡Debemos apresurarnos!** —dijo Benjamín—. ¡En el metrosaurio hay alguien que se halla en **PELIGRO**!

—¡Por mil bananillas jurásicas! —exclamó Metomentodo—. ¡¡¡Cojamos los **garrotes** y vayamos hacia allí!!!

¡¡¡AL ATAQUEEE!!!

Y así, unidos como un solo ratón, **DESCEN-DIMOS** y **DESCENDIMOS** y **DESCENDIMOS** por las galerías del metro-saurio, justo debajo de Petrópolis.

—Chistchistchist, procuremos no hacer **RUIDO** —dijo Metomentodo, que

¿QUÉ PASA?

BRRR...

iba en primera fila—, nunca se sabe qué puede esperarnos aquí debaj...

—*¡SOCORRO!* —gritó una voz al fondo del túnel.

—*¡¡AUXILIO!!* —dijo una segunda voz.

—*¡¡¡AYUDA!!!* —chilló una tercera voz.

Sigilosos como gatos, nos acercamos al fondo de la **GALERÍA** y... ¿a que no adivináis a quién vimos cuando llegamos al final de la escalera?

CHIST...
¡GUARDAD SILENCIO!

¡Por mil fósiles fosilizados, pero si realmente eran los **BERZOTAS JURÁSICOS** y los **PELUCONES MEGALÍTICOS**, es decir, todos nuestros rivales *al completo*! Nuestros conciudadanos estaban ATADOS como morcillas jurásicas y los rodeaba un grupo de… tigres de dientes de sable. ¡Por mil huesecillos descarnados, entre los tigres también estaba *él*, **Tiger Khan**, el jefe de la Horda

Felina… El gatazo COLMILLUDO más feroz de todo el mundo prehistorratónico, de toda la EDAD DE PIEDRA y de todas las tierras emergidas!

Ya me estaba preparando para una extinción prematura, cuando Metomentodo nos subió la moral con un plan… superratónico.

—¡Tengo una idea! —dijo—. Debemos pillarlos por sorpresa. Creo que podríamos asustar a esos malditos FELINOS aprovechando la semioscuridad y fingiendo que somos… ¡monstruos prehistóricos!

¡¡¡POR MIL TIBIAS DE TRICERRATÓN,

el plan de Metomentodo podía funcionar!!!
Bajamos lentamente los últimos peldaños y llegamos a una zona que, aunque seguía estando resguardada, ya se encontraba muy muy próxima a los tigres.

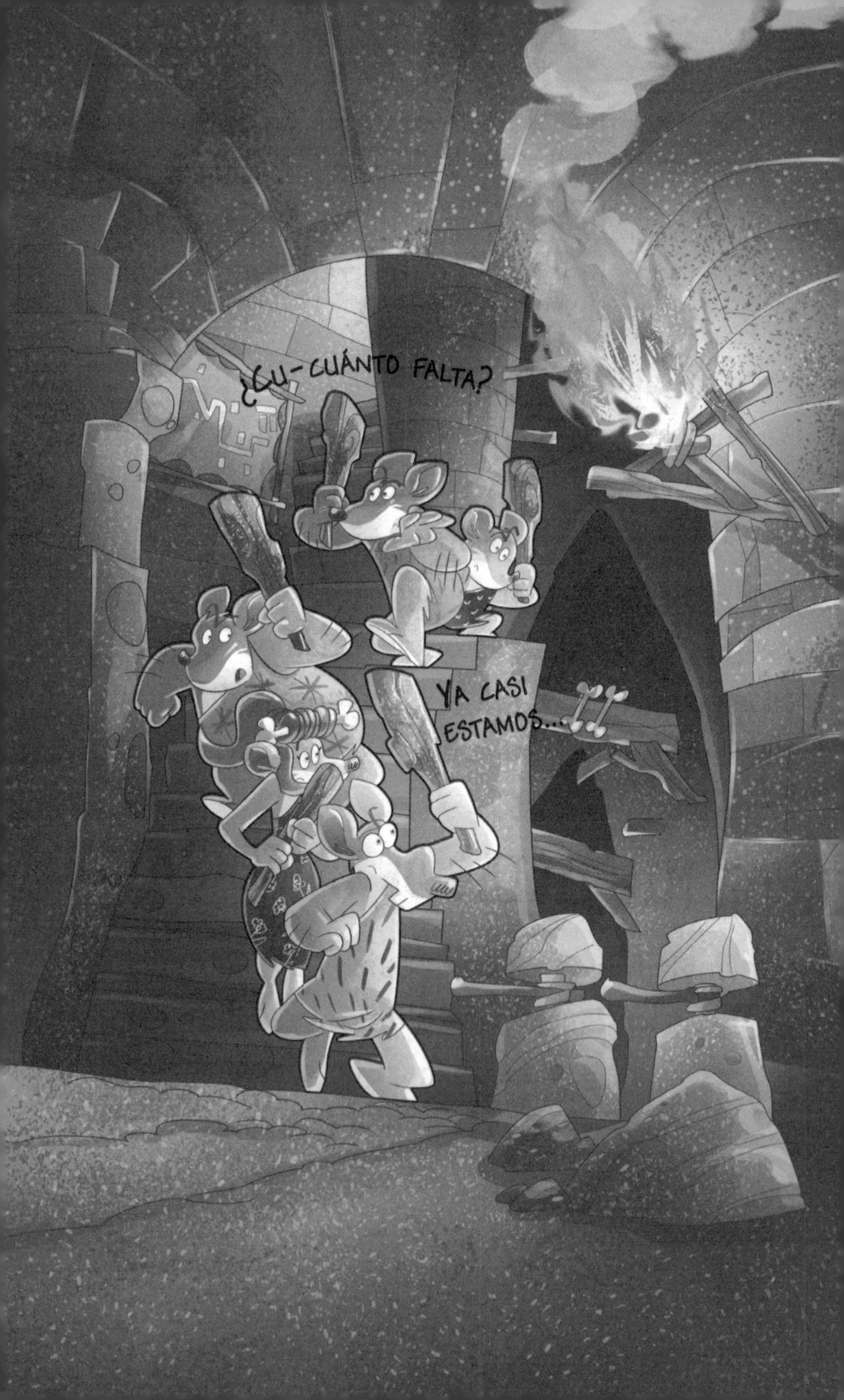
¿CU-CUÁNTO FALTA?
YA CASI ESTAMOS...

Vandelia tomó el relevo, para guiarnos en la batalla. Segura de sí misma, levantó la cachiporra y gritó con determinación:

—¡¡¡PREHISTORRATONES...

... AL ATAQUEEE!!!

Dicho esto, se lanzó a combatir, seguida por todos nosotros, que *AVANZAMOS* unidos y cerrando filas, dispuestos a salvar a nuestros amigos prisioneros.

¡VANDELIA... QUÉ ROEDORA!

Vandelia entró en combate contra los tigres profiriendo un poderoso y enérgico:

—**¡YAAAAAAAAA!**

Metomentodo, Trampita, Benjamín y yo la seguimos, compitiendo por ver quién gritaba más fuerte:

—**¡¡¡OOOOOOOOH!!!**

—¡¡¡UUUUUUUUUH!!!

—¡¡¡AAAAAAAAAAH!!!

Cuando los tigres nos vieron correr en la penumbra del metrosaurio, aguerridos y con las cachiporras en ristre, empezaron a temblar como flanes paleozoicos.

—¿SERÁN MONSTRUOS? —dijo un tigre.

—¿O BESTIAS FEROCES? —aventuró otro.

—¿¡¿O DEPREDADORES PREHISTÓRICOS?!? —añadió un tercer felino.

Y todos se dieron a la FUGA.

Mientras duró la persecución, Vandelia les propinó unos cuantos garrotazos en el **trasero** a dos o tres gatazos, ¡e incluso llegó asestarle un buen cachiporrazo en la cocorota al ferocísimo Tiger Khan!

—¡Ayyyy! —gritó el jefe de la Horda Felina, que no **cayó** al suelo por un pelo de bigote.

Todo aquel **FRAGOR** llamó la atención de los petropolinenses, que **ACUDIERON** a echar una mano.

¡CHÚPATE ÉSA!

¡POWC!

Zampavestruz, el jefe del poblado, y su esposa, Chataza Uzz, **BAJARON** raudos al metrosaurio, junto con un pequeño grupo de petropolinenses provistos de **garrotes**.

—¡Tomad esto! —gritaba Chataza—. ¡¡Y esto!! ¡¡¡Y esto!!!

¡PLONC! ¡¡PUM!! ¡¡¡PAF!!!

Los tigres fueron **DERROTADOS** y se esfumaron por una BRECHA de la empalizada.

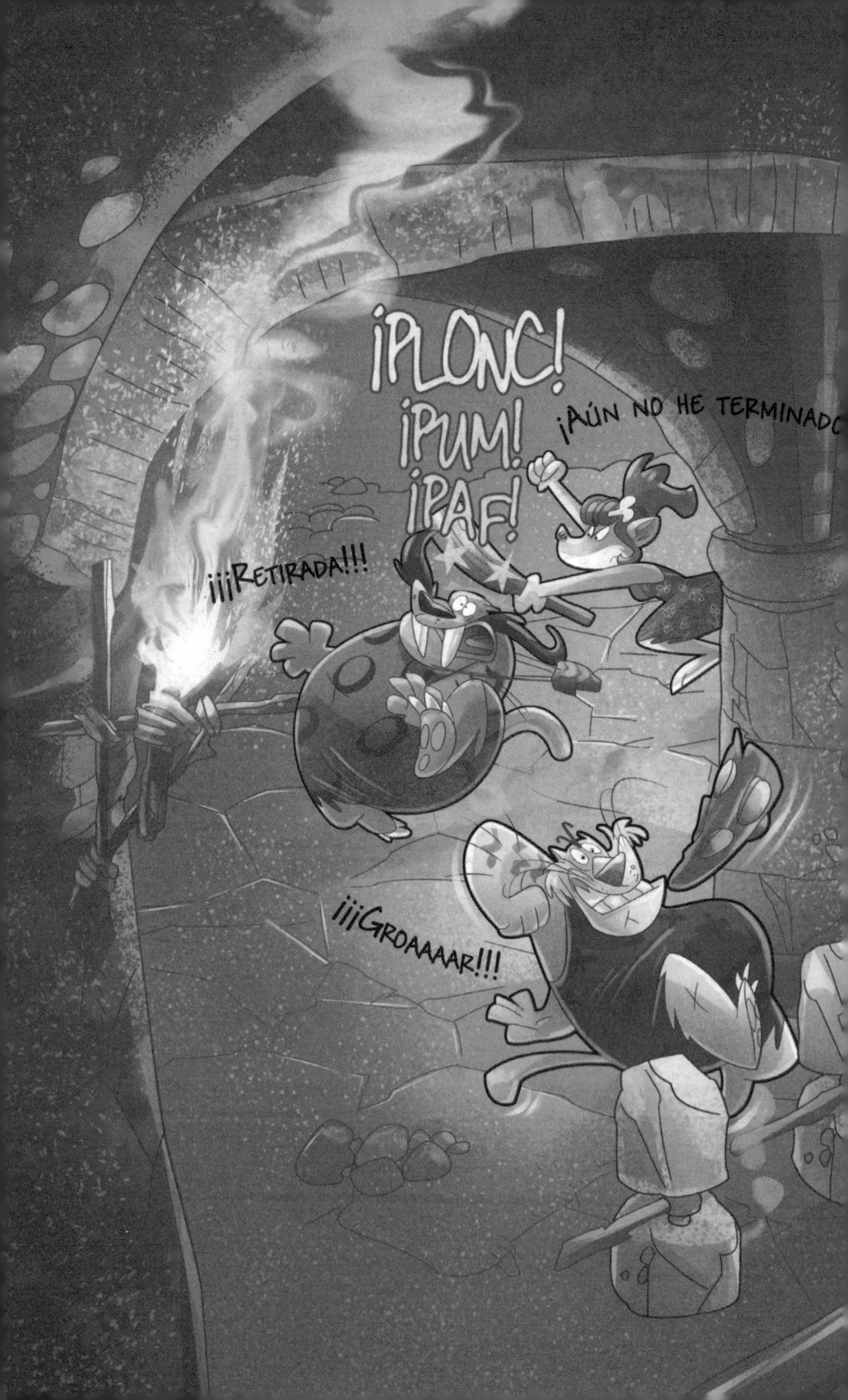
¡PLONC!
¡PUM!
¡PAF!
¡AÚN NO HE TERMINADO
¡¡¡RETIRADA!!!
¡¡¡GROAAAAR!!!

—¡Vayavayavaya, os habéis librado de una buena! —dijo Metomentodo, desatando a los Berzotas Jurásicos y los Pelucones Megalíticos—. ¡¡¡Si hubiéramos **LLEGADO** un poco más tarde, ahora seríais chicha para tigres!!!

Cuando volvió a restablecerse la normalidad, los petropolinenses nos llevaron en hombros entre vítores y aplausos.

—¡Viva Vandelia!

—¡¡Viva Geronimo!!

—¡¡Viva Trampita!!

—¡¡¡Viva Benjamín!!!

¡¡¡Por mil pedruscos despedregados, qué momento tan prehistorratónico!!!

¡SE HA HECHO JUSTICIA!

Llegados a este punto, solamente quedaba una cosa por hacer: finalizar la BÚSQUEDA DEL TESORO descubriendo… ¡dónde estaba oculto!

—¡Todas nuestras pistas conducen justo aquí, al METROSAURIO! —dijo Macedonio Testuz, jefe del equipo de los Pelucones Megalíticos.

—¡En efecto! —confirmó Tartufón Tontolón, señalando un PUNTO en el suelo—. ¡Las nuestras también!

Los dos equipos comenzaron a CAVAR con mucha energía…

RASSS RASSS RASSS.

Y finalmente hallaron nada menos que… ¡una bolsa llena a rebosar de conchezuelas!

En vista de que habían ganado ambos con igual mérito, repartieron el premio a partes iguales.

Cuando salimos del metrosaurio (¡ya era hora!), Vandelia nos obligó a bañarnos a Metomentodo, Trampita, Benjamín y a mí (¡UF!) para que estuviéramos presentables y nos libráramos del tufo a roedores de las CAVERNAS que desprendíamos desde que comenzó aquella increíble aventura.

Después fuimos a Radio Chismosa, donde se haría oficial el premio de la BÚSQUEDA DEL TESORO.

Cuando proclamó los vencedores, Sally comentó:

—Querido Geronimo, tu equipo ha llegado el último… ¡¡¡JE, JE, JE!!!

Sin embargo, Macedonio Testuz matizó la afirmación de Sally:

—¡¡¡Es cierto, pero Geronimo y su equipo han salvado Petrópolis de **Tiger Khan** y del resto de gatazos!!!

—¡Bien dicho! —confirmó Tartufón Tontolón—. ¡Para **DARLES LAS GRACIAS** a él y sus compañeros de equipo, propongo organizar un **BANQUÉTE** en su honor!

—Pero antes hay una cosa que debéis saber —anunció Metomentodo—. ¡La **BÚSQUEDA DEL TESORO** estaba amañada! ¡Sally le dio a nuestro equipo unas **adivinanzas** dificilísimas, para poder robar un artículo que iba a publicarse en *El Eco de la Piedra*!

Al oír eso, Sally abrió los ojos como platos y resopló igual que un geiser de Borbotonia.

—Confiesa, Sally —la interpeló Metomentodo, mirándola **FIJO FIJO FIJO** a los ojos—.

¡TÚ has robado la entrevista que Geronimo le hizo a Clodoveo Cencerronut!

¡QUE SE SEPA LA VERDAD!

Sally se revolvió:

—**¿¡¿Qué diceees?!?**

¡¡¡Pues claro que no!!! ¡¡¡Esa entrevista es *mía*, y si es necesario os lo demostraré!!! **¡MIRAD!** —dijo entonces Sally, mostrándoles la cubierta de la *falsa* entrevista—. ¡Fui yo quien **ENTREVISTÓ** a Cencerronut! ¡No esa subespecie de escritorzuelo de cuatro conchezuelas!

—Buenobuenobueno —intervino Metomentodo—, entonces, ¿por qué no nos lees algunas líneas… aquí mismo, para que nos hagamos una idea?

Sally levantó la **PLANCHA** de la cubierta y empezó a leer:

—¡Por supuesto! Mirad qué pone aquí… *Las recetas de Ratania Struz: platos especiales para roedores original…* ¿¡¿Eeeeh?!? —dejó de leer, y se puso **ROJA, MUY ROJA, ROJÍSIMA…** como la lava del volcán Pestífero.

—A ver, queridísima Sally, ¿por qué no *sigues leyendo*? —le preguntó Metomentodo.

Ella fulminó con la mirada a sus secuaces, que se hicieron **pequeños** pequeños pequeños.

—Ejem, esto… la letra no está muy clara —dijo.

Pero entonces yo aproveché para correr hasta mi caverna, coger la *auténtica* entrevista y mostrársela a todos.

118

—¡MIRAD, PETROPOLINENSES!

Sally está mintiendo: ¡ésta es la verdadera entrevista! ¡¡¡Ésta que veis entre mis patas!!!

Entonces, Sally les GRITÓ a sus colaboradores:

—¡Inútiles! ¡¡Ni siquiera habéis sido capaces de robar la losa correcta!! **¡¡¡ESTÁIS DESPEDIDOOOS!!!**

—¡Ya basta! —dijo Zampavestruz—. Sally, sigues siendo tan deshonesta como siempre. ¡¡¡En nombre de todos los petropolinenses, te prohíbo que asistas al banquete!!! Todos los demás estáis invitados a la Taberna del Diente Cariado cuando SE PONGA EL SOL.

Todos nos retiramos a nuestras cavernas para arreglarnos. Cuando por fin nos reunimos de nuevo en el banquete, yo me senté justo al lado de ella, la bellísima, maravillosa, fascinante y superratónica Vandelia.

—¡Hola, Geronimito! —me dijo.

—Ho-hola, V-Vandelia...

Me había preparado una buena parrafada romántica, pero Metomentodo se lanzó sobre la bandeja de los plátanos en **salsa Jurásica**, y de paso me pringó a mí de pies a cabeza.

—¡Geronimo! —dijo Vandelia, indignada—. ¡Cuando aprendas a COMER educadamente, quizá (y subrayo *quizá*) aceptaré sentarme a tu lado!

Y se alejó.

Aparte de este, *ejem*… **pequeñísimo** detalle, todo acabó estupendamente; habíamos vivido una **AVENTURA** genial y, aunque habíamos perdido la búsqueda del tesoro, habíamos salvado Petrópolis de las garras de los tigres colmilludos. Además, para nosotros, los roedores prehistóricos, un delicioso BANQUETE en compañía de los amigos y amigas siempre es la mejor de las recompensas.

¡Palabra de Stiltonut, Geronimo Stiltonut!

ÍNDICE

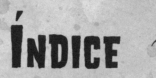

¡¡¡Correooo!!! 10

¡Piénsatelo bien, jefe! 18

¡Esta historia... apesta! 22

¡Spruz! ¡¡Spruz!! ¡¡¡Spruz!!! 30

Berzotas y Pelucones 38

¡Eres un genio, Benjamín! 44

¡¿Me habéis oído, cabezas

de granito?! 48

El ataque de las Medusas Caguetas 58

¡Caaalma, chicos, caaalma! 64

¿¡¿Por qué, por qué, por quééé?!? 70

¿Seguroseguro que es... seguro? 76

¡Una idea genial! 82

¡Rojos como guindillas jurásicas! 88

¡¿Velas o... ciudadelas?! 94

¡¡¡Al ataqueee!!! 100

¡Vandelia... qué roedora! 106

¡Se ha hecho justicia! 114

Geronimo Stilton

Marca en la casilla correspondiente los títulos
que tienes de todas las colecciones de Geronimo Stilton:

Colección Geronimo Stilton

- ☐ 1. Mi nombre es Stilton, Geronimo Stilton
- ☐ 2. En busca de la maravilla perdida
- ☐ 3. El misterioso manuscrito de Nostrarratus
- ☐ 4. El castillo de Roca Tacaña
- ☐ 5. Un disparatado viaje a Ratikistán
- ☐ 6. La carrera más loca del mundo
- ☐ 7. La sonrisa de Mona Ratisa
- ☐ 8. El galeón de los gatos piratas
- ☐ 9. ¡Quita esas patas, Caraqueso!
- ☐ 10. El misterio del tesoro desaparecido
- ☐ 11. Cuatro ratones en la Selva Negra
- ☐ 12. El fantasma del metro
- ☐ 13. El amor es como el queso
- ☐ 14. El castillo de Zampachicha Miaumiau
- ☐ 15. ¡Agarraos los bigotes... que llega Ratigoni!
- ☐ 16. Tras la pista del yeti
- ☐ 17. El misterio de la pirámide de queso
- ☐ 18. El secreto de la familia Tenebrax
- ☐ 19. ¿Querías vacaciones, Stilton?
- ☐ 20. Un ratón educado no se tira ratopedos
- ☐ 21. ¿Quién ha raptado a Lánguida?
- ☐ 22. El extraño caso de la Rata Apestosa
- ☐ 23. ¡Tontorratón quien llegue el último!
- ☐ 24. ¡Qué vacaciones tan superratónicas!
- ☐ 25. Halloween... ¡qué miedo!
- ☐ 26. ¡Menudo canguelo en el Kilimanjaro!
- ☐ 27. Cuatro ratones en el Salvaje Oeste
- ☐ 28. Los mejores juegos para tus vacaciones
- ☐ 29. El extraño caso de la noche de Halloween
- ☐ 30. ¡Es Navidad, Stilton!
- ☐ 31. El extraño caso del Calamar Gigante
- ☐ 32. ¡Por mil quesos de bola... he ganado la lotorratón!
- ☐ 33. El misterio del ojo de esmeralda
- ☐ 34. El libro de los juegos de viaje
- ☐ 35. ¡Un superratónico día... de campeonato!
- ☐ 36. El misterioso ladrón de quesos
- ☐ 37. ¡Ya te daré yo karate!
- ☐ 38. Un granizado de moscas para el conde
- ☐ 39. El extraño caso del Volcán Apestoso
- ☐ 40. Salvemos a la ballena blanca
- ☐ 41. La momia sin nombre
- ☐ 42. La isla del tesoro fantasma
- ☐ 43. Agente secreto Cero Cero Ka
- ☐ 44. El valle de los esqueletos gigantes
- ☐ 45. El maratón más loco
- ☐ 46. La excursión a las cataratas del Niágara
- ☐ 47. El misterioso caso de los Juegos Olímpicos
- ☐ 48. El Templo del Rubí de Fuego
- ☐ 49. El extraño caso del tiramisú
- ☐ 50. El secreto del lago desaparecido
- ☐ 51. El misterio de los elfos
- ☐ 52. ¡No soy un superratón!
- ☐ 53. El robo del diamante gigante
- ☐ 54. A las ocho en punto... ¡clase de quesos
- ☐ 55. El extraño caso del ratón que desafina
- ☐ 56. El tesoro de las colinas negras
- ☐ 57. El misterio de la perla gigante
- ☐ 58. Geronimo busca casa
- ☐ 59. ¡A todo gas, Geronimo!
- ☐ 60. El castillo de las 100 historias
- ☐ 61. El misterio del rubí de Oriente

Libros especiales

- [ ] En el Reino de la Fantasía
- [ ] Regreso al Reino de la Fantasía
- [ ] Tercer viaje al Reino de la Fantasía
- [ ] Cuarto viaje al Reino de la Fantasía
- [ ] Quinto viaje al Reino de la Fantasía
- [ ] Sexto viaje al Reino de la Fantasía
- [ ] Séptimo viaje al Reino de la Fantasía
- [ ] Octavo viaje al Reino de la Fantasía
- [ ] Rescate en el Reino de la Fantasía
- [ ] Viaje en el Tiempo
- [ ] Viaje en el Tiempo 2
- [ ] Viaje en el Tiempo 3
- [ ] Viaje en el Tiempo 4
- [ ] Viaje en el Tiempo 5
- [ ] La gran invasión de Ratonia
- [ ] El secreto del valor
- [ ] El Gran Libro del Reino de la Fantasía

Grandes historias

- [ ] La isla del tesoro
- [ ] La vuelta al mundo en 80 días
- [ ] Las aventuras de Ulises
- [ ] Mujercitas
- [ ] El libro de la selva
- [ ] Robin Hood
- [ ] La llamada de la Selva
- [ ] Las aventuras del rey Arturo
- [ ] Los tres mosqueteros
- [ ] Tom Sawyer
- [ ] Los mejores cuentos de los hermanos Grimm
- [ ] Peter Pan
- [ ] Las aventuras de Marco Polo
- [ ] Los viajes de Gulliver
- [ ] El misterio de Frankenstein
- [ ] Alicia en el País de las Maravillas
- [ ] Sandokan. Los tigres de Mompracem
- [ ] Veinte mil leguas de viaje submarino
- [ ] Heidi

Tenebrosa Tenebrax

- [ ] 1. Trece fantasmas para Tenebrosa
- [ ] 2. El misterio del castillo de la calavera
- [ ] 3. El tesoro del pirata fantasma
- [ ] 4. ¡Salvemos al vampiro!
- [ ] 5. El rap del miedo
- [ ] 6. Una maleta llena de fantasmas
- [ ] 7. Escalofríos en la montaña rusa

Los prehistorratones

- [ ] 1. ¡Quita las zarpas de la piedra de fuego!
- [ ] 2. ¡Vigilad las colas, caen meteoritos!
- [ ] 3. ¡Por mil mamuts, se me congela la cola!
- [ ] 4. ¡Estás de lava hasta el cuello, Stiltonout!
- [ ] 5. ¡Se me ha roto el trotosaurio!
- [ ] 6. ¡Por mil huesecillos, cómo pesa el brontosaurio!
- [ ] 7. ¡Dinosaurio dormilón no atrapa ratón!
- [ ] 8. ¡Tremendosaurios a la carga!
- [ ] 9. Muerdosaurio en el mar... ¡tesoro por rescatar!
- [ ] 10. ¡Llueven malas noticias, Stiltonut!
- [ ] 11. ¡En busca de la ostra megalítica!
- [ ] 12. ¡Pulposauriaglotona... peligra mi cola ratona!
- [ ] 13. ¡Por mil pedruscos... cómo apesta el globosaurio!

Tea Stilton

- [ ] 1. El código del dragón
- [ ] 2. La montaña parlante
- [ ] 3. La ciudad secreta
- [ ] 4. Misterio en París
- [ ] 5. El barco fantasma
- [ ] 6. Aventura en Nueva York
- [ ] 7. El tesoro de hielo
- [ ] 8. Náufragos de las estrellas
- [ ] 9. El secreto del castillo escocés
- [ ] 10. El misterio de la muñeca desaparecida
- [ ] 11. En busca del escarabajo azul
- [ ] 12. La esmeralda del príncipe indio
- [ ] 13. Misterio en el Orient Express
- [ ] 14. Misterio entre bambalinas
- [ ] 15. La leyenda de las flores de fuego
- [ ] 16. Misión flamenco
- [ ] 17. Cinco amigas y un león
- [ ] 18. Tras la pista del tulipán negro
- [ ] 19. Una cascada de chocolate
- [ ] 20. Los secretos del Olimpo
- [ ] 21. Amor en la corte de los zares
- [ ] 22. Una aventura en el Caribe
- [ ] 23. Misterio en Hollywood

Queridos amigos y amigas roedores, las aventuras de los prehistorratones continúan. ¡no os perdáis el próximo libro!